Tête de mule !

Josiane Strelczyk est née à Saint-Étienne. Elle a exercé de nombreux métiers, dont vendeuse et journaliste, avant de découvrir l'écriture pour enfants. Passionnée de bateaux, Josiane Strelczyk a réalisé son rêve : habiter avec ses trois enfants sur une péniche.

Du même auteur dans Bayard Poche :
Le grand courage (Les belles histoires)

Axel Scheffler est né en Allemagne en 1957. Il habite aujourd'hui à Londres, où il poursuit sa carrière d'illustrateur. Il travaille pour la presse ainsi que pour de nombreuses maisons d'édition allemandes et anglaises. Le Seuil, Albin Michel et Bayard Éditions sont ses principaux éditeurs en France.

Bayard Éditions est une marque
du département Livre de Bayard Presse

ISBN 2.227.72827.2

Tête de mule !

Une histoire écrite par Josiane Strelczyk
illustrée par Axel Scheffler

BAYARD ÉDITIONS

Il était une fois un petit garçon
qui s'appelait Azzedine.
Ses parents étaient potiers*.

* Ce mot est expliqué page 46, n° 1.

Son père modelait les pots,
et sa mère les peignait.
Ils travaillaient dur tout l’hiver
et, lorsque venait l’été,
ils partaient vendre les poteries
sur le port.

54

Azzedine passait ses journées
à gambader,
à sauter de barque en barque, à rêver.
Il aimait l'odeur des sardines grillées,
les gros tas de filets roses,
mauves, violets,
et le vent de la mer qui laissait
la peau toute salée.

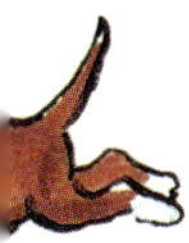

Un jour,
son père lui dit :
– Azzedine, assez rêvé !
Monte sur Zora la mule*,
et va à la maison chercher des poteries,

* Ce mot est expliqué page 46, n° 2.

car nous n'avons plus rien à vendre.
Surtout ne traîne pas en route
et prends garde de ne rien casser,
sinon, je te réchaufferai le derrière
avec mon bâton !

Azzedine répond :
– Sois tranquille,
rapide comme l'éclair je suis,
doux comme la brise du matin je serai !
Il monte sur Zora la mule et, hue !
il trotte vers la maison,
là-haut sur la colline.

Sur le chemin des oliviers,
le long de la mer,
Braïm, le fils du boulanger,
l'appelle :
– Viens donc te baigner avec moi,
Azzedine !

Azzedine a très chaud.
Il a bien envie de plonger dans la mer.
Un petit bain,
ça ne prend pas beaucoup de temps.
Et puis, après tout,
son père n'en saura rien !

Azzedine attache sa mule,
et le voilà dans l'eau fraîche
avec son ami Braïm.
Mais bientôt,
Azzedine pense à la promesse
qu'il a faite à son père.
Il remonte sur Zora la mule et, hue !
il trotte vers la maison,
là-haut sur la colline.

Un peu plus loin,
à l'ombre d'un citronnier, Zoubida,
la fille du marchand de thé, l'appelle :
– Regarde les belles figues
que je viens de cueillir.
Partage-les donc avec moi, Azzedine !
Azzedine dévore des yeux
les figues mûres à point.
Un petit goûter,
ça ne prend pas beaucoup de temps.
Et puis, après tout,
son père n'en saura rien !

Azzedine attache sa mule,
et le voilà qui savoure les beaux fruits
avec son amie Zoubida.
Mais bientôt, Azzedine pense

à la promesse qu'il a faite à son père.
Il remonte sur Zora la mule et, hue !
il trotte vers la maison,
là-haut sur la colline.

Un peu plus loin,
Farid, le fils du cordonnier,
lui propose une petite sieste
au pied d'un oranger.
Azzedine lui dit :

– Quelle bonne idée !
Une petite sieste,
ça ne prend pas beaucoup de temps,
et puis, de toute façon,
son père n'en saura rien !

Azzedine attache sa mule
et les deux amis s'endorment
au pied de l'oranger.
Lorsque Azzedine se réveille,

le soleil est bien bas !
Il se dit : « Si je ne me dépêche pas,
le bâton de mon père sera
pour mon derrière ! »
Rapide comme l'éclair,
il remonte sur sa mule et, hue !
il la fait galoper jusqu'en haut
de la colline.

Doux comme la brise du matin,
il charge sur le dos de Zora
les plus belles jarres*,
les plus beaux vases,
les plus beaux pots,
sans en casser un seul.
Et hue !
Mais Zora ne bouge pas.
Azzedine répète :
– Hue donc !
La mule reste immobile.
Azzedine la tire, il la pousse.
Rien à faire.
Azzedine lui dit :
– Tête de mule ! Vas-tu avancer, oui ?

* Ce mot est expliqué page 47, n° 3.

Et il lui donne une bonne claque
sur le derrière.
La voilà qui part au triple galop
sans crier gare !
Azzedine s'élance derrière elle
en hurlant :
– Hoooo ! Holà ! Hoooo !
C'est ce qu'on dit aux mules
pour qu'elles s'arrêtent.

Mais Zora n'écoute rien,
elle continue de galoper.
Azzedine se dit :
« Oh non,
ce n'est pas possible !
Les pots vont se casser ! »
– Zora ! Zora !
S'il te plaît, arrête-toi !
Zora s'arrête enfin,
sans avoir brisé un seul pot.
Mais quand Azzedine s'approche,
cette espèce de mule
lance une grande ruade*,
et c'est la catastrophe !

* Ce mot est expliqué page 47, n° 4.

Les jarres, les vases, les pots,
tout tombe par terre.
On entend un bruit épouvantable,
un grand fracas de pots brisés
en mille morceaux.
Azzedine est secoué d'un affreux frisson.
Son cœur se met à battre
à grands coups qui font mal.
Et, soudain,
il éclate en énormes sanglots.

Il pleure, il pleure
jusqu'à ce qu'il n'ait plus
de larmes.
Du haut de sa colline,
Azzedine voit le port au loin,
les gros tas de filets roses,
mauves, violets,
la fumée des sardines
en train de griller,
les barques de pêcheurs sur la mer.

Il pense à ses parents qui l'attendent,
à sa mère qui doit être inquiète.
Et puis il pense à son père
armé de son bâton.
Et une peur, une grande peur
vient se nicher dans son ventre.
Non, il ne pourra plus jamais
se présenter devant son père,
il en mourrait de peur.
Que faire ?
Azzedine réfléchit,
et il décide d'aller se cacher
au pied de la montagne.
Là-bas, il y a des grottes
où il pourra dormir.

Il charge sur la mule
un grand sac de terre,
de la terre rouge, et une jarre d'eau
pour modeler des pots.
Il emporte des pinceaux
et les jolies couleurs de sa mère.
Il monte sur Zora la mule

et, furieux, il lui dit :
– Sale bourrique ! Tout ça,
c'est de ta faute !
Bien sûr, j'ai un peu traîné en chemin.
Mais c'est tout de même toi
qui as cassé les pots.
Allez, hue, bourrique de malheur !

Azzedine s'installe
dans une petite grotte,
au pied de la montagne.
Quand la nuit tombe,
il fait un grand feu
et il se met au travail.
Il prend la terre rouge dans le sac,
et il se met à la modeler.

Son premier vase est tout de travers,
ni rond ni carré, tordu de tous les côtés.
Mais, petit à petit,
Azzedine se souvient
des gestes de son père.
Il l'a regardé travailler si souvent !
Petit à petit,
ses vases deviennent plus beaux.
Pas aussi beaux que ceux de son père,
bien sûr,
mais tout de même bien faits.
La nuit est calme et chaude.
Azzedine pense à ses parents.
Sûrement, ils ont trouvé les pots cassés,
sûrement, ils sont à sa recherche.
Azzedine a bien envie de se blottir
dans les bras de sa mère.
Mais il doit achever ce qu'il a à faire
et réparer ses bêtises.

Au petit matin, Zora la mule,
qui n’a pas eu sa ration d’avoine,
se met à braire.
Les parents d’Azzedine l’entendent.
Ils sont fatigués,
parce qu’ils ont cherché toute la nuit.
Mais, guidés par les cris de la mule,
ils arrivent enfin à la grotte.

Là, ils trouvent Azzedine endormi
à côté des toutes petites poteries,
les mêmes que celles de son père,
mais toutes petites, ravissantes,
avec le port peint autour,
les filets roses, mauves, violets
et les barques de pêcheurs.
Il ne manque que le vent
qui laisse la peau toute salée.

Le père est très fier, malgré sa colère.
Il dit à sa femme :
– Notre fils me ressemble,
il sera un grand potier !
Et sa femme dit :
– Notre fils me ressemble,
il fera de belles peintures sur les pots !

La mère prend son enfant dans ses bras
sans qu'il se réveille.
Mais ce coquin d'Azzedine
fait peut-être semblant de dormir.
Le père approche la mule,
il met Azzedine sur son dos et, hue !
ils rentrent tous à leur maison,
là-haut sur la colline.

LES MOTS DE L'HISTOIRE

1. Un **potier** fabrique de la vaisselle, des vases, des pots de toutes les tailles, avec de la terre spéciale qu'il fait cuire dans un four.

2. Une **mule** naît d'un âne et d'une jument, ou d'un cheval et d'une ânesse. C'est un animal robuste, patient et très entêté.

3. Une **jarre** est un grand récipient en terre cuite dans lequel on peut transporter et conserver de l'huile, des olives, etc.

4. Quand une mule (ou un âne, ou un cheval) s'énerve, elle lance ses pattes arrière en l'air : c'est une **ruade**.

Achevé d'imprimer en Mars 1998 par OBERTHUR Graphique
35000 RENNES- N° 1329
Dépôt légal : Mars 1998 - N° d'éditeur 3311
Imprimé en France